水野ひかる詩集
盗んだのは

詩集　盗んだのは＊目次

I

詩集

盗んだのは

I

冬の蛇

白い紐が落ちている、と思ったら薄いグレーの蛇だった。正月の明けた小寒の日。溜池をめぐる土手の道幅いっぱいに、一メートル位の細い蛇が、通せんぼをしている。跨ぐことはとても出来ない。陽だまりの道で、そのじっと動かない曲線を見つめるが、生きているのか死んでいるのか、分からない。しばらく声をかけていると、その足のない生きものは、細い目を開けてくねり始めた。絡みつくぬめりとした感覚に背を向けて、歩き出す二本の足。爬虫類独特の冷たい感触に、陽差しが陰って、冬の雲が見おろしている。淡い紫がかった灰色の紐が絡みつく。何年もこの道を歩いていたのに、出会うことのなかった生きものの、季節はずれの出現。それをリアルだと認めるには、時間がかかった。胸の動悸が収まらない。家に引き返して、留守居をしていた巳年の男に告げると、半信半疑の顔をして、一笑に付された。

コウノトリ

二月の節分の日、近くの溜池に、コウノトリが九羽舞い降りてきた。コウノトリは、日本では特別天然記念物。ヨーロッパでは、赤ん坊を運んでくる鳥とされている。羽根は大部分が白く、翼は黒色で、脚は赤い。

溜池は冬場、養殖業者が鮒を漁るために、水を抜いている。白鷺・青鷺・鴨・鳰など、たくさんの水鳥が集まってくる。コウノトリは、他の鳥よりひときわ大きく、池の中心あたりに散らばっている。その中の一羽が魚を啄んでいる。そのコウノトリを撮ろうと、カメラを構える人達。土手道を、カメラを提げた男や女が、三三五五に集まってくる

その水枯れの池の護岸を、男の子が二人で横歩きしている。年齢を聞くと七歳だと言う。小学二年生だ。池に落ちると危ないから止めなさいと注意する。子どもは国

の宝だ。きっとコウノトリが守ってくれると信じている。
「カウォーカウォー」と鳴くコウノトリの、鶴に似た鳴き声をはじめて聞いた。

迷い子

ピンクの大きなボールが、冬の用水路を行ったり来たりしている。散歩をしていると、昨日東の水路にあったものが、今日は北の水路に転がっている。水の涸れた二月の用水路。風の仕業である。それにしても、このボールはどこから来たのか。よく見ると、ボールの表面にサインペンで、〈くぼ　ゆめ〉と標されている。〈ゆめ〉ちゃんの夢はどこへ行くのか。迷い子のボールは、幼い女の子の手を離れて、冬枯れの風景の中に転がっている。

女の子の喪失感を考える。幼い頃、失ったものをあれこれ思い浮かべてみる。飼い猫が帰ってこなかったこと。病気で遠足に行けなかったこと。仲の良かった友達が転校していったことなど。〈ゆめ〉ちゃんの夢は知る由もないが、大きくピンク色に輝いているに違いない。幼い女の子の夢が迷い子にならないことを祈りながら。

美しい骨

春浅い溜池の土手道に、落ちていた鮒の死骸。皮と骨だけで、魚の形が綺麗に残っている。この池にいる青鷺が、身だけを啄んだのか。美しい骨のかたちが、しずかに整えられているのを眺めていると、生物界の食物連鎖をおもう。

この道には、あちらこちらに螺貝も落ちている。完全なままの殻もあれば、割られたものもある。鳥の嘴で、身が抜き取られたのだろうか。

チベットやインドの一部で行われる鳥葬とは少し違うが、生のなかに死があり、死のなかに生がある。摂理である。道の辺のおおいぬふぐりの群生が、まばたきながら青い瞳で、それをじっと見つめている。

鼻

青鷺が、溜池の縁の柵に止まっている。長い嘴が、哲学者の鼻のように尖っている。身動きしないで、その気配を無くしている。三メートルほど離れたところを歩いていたので、足音に気付いて飛びたつかと思ったが、微動だにしない。

歩きながらじっと見ていると、青鷺の目がくるりと動いて、一瞬目と目が合った。まずい、思索の邪魔をしたかと、目をそらした。気配を消し、身を硬くして通り過ぎる。飛びたたない青鷺を残して。朝の冷気につつまれ、溜池の周りを巡る。哲学者のように鼻を尖らせて。

抱卵

玄関を出ると、正面にカーポートがある。車は、夫が運転免許を返納して、いまは無い。カーポートの左右のゲートは久しく開け閉めをせず、開いたまま立て掛けてある。その棚になった部分に、鳥が巣を作った。巣の中には、卵が六個ある。

散歩にゆくとき、そっと顔を寄せて覗いてみた。目の前に抱卵する鳥がいて、驚いた鳥が飛び出してきた。小さくて、尾羽根の長い白地に黒の鳥である。卵は、うす茶色で黒い斑点が付いている。散歩のたびに覗いてみるが、卵だけのときもあり、親鳥が座っているときもある。まだ雛は孵っていないのだ。

いままで、車のエンジン部分に巣を作ったり、やはりこのカーポートのゲートから巣立った雛もいた。残された巣をきれいに掃除をしてのけていたはずなのに、いつのまにかコロナの今年、新しく巣がかけられていた。

　鳥が巣をかける家は栄えるとよく言われるが、老夫婦ふたりだ。先は短い。この家は、養子縁組をした孫が、いつか継いでくれるだろうか。

盗んだのは

たっぷんたっぷんと水が鳴っている。岸に打ち付ける生命の鼓動である。池の南側にある四阿の椅子に座って、散歩の途中の休息を取っていると、目の前は石段になっていて、水際には木の柵があり、それに沿って菖蒲が植えられている。初夏の黄色い花が咲きはじめて、剣状の葉が緑を濃くしている。

四月の中頃から、二羽の瘤白鳥をそこで見かけるようになっていた。番である。雄は、石畳の上で丸くなって、蹲っていた。雌は、菖蒲の葉の枯れたのを集め、寝床のようなものを作って、その上で眠っていた。毎日、その傍らを歩いているうちに、それが巣づくりではないか、と思うようになっていた。

数日後の昼時、四阿でタブレットを開いた営業マン風の人から、瘤白鳥が卵を抱いていたことを教えられた。

ところが今日来てみると、その卵がなくなっていると言うのである。駝鳥の卵よりは小さくて、白かったと手でその大きさを表現されると、その存在が、まざまざと目に浮かんでくる。番の二羽が、途方に暮れたようにうろついている辺りに、割れた卵らしきものは無い。池に雛の姿も見かけない。卵を盗んだのは、誰か。生命を盗んだのは、誰か。

鈴蘭と金蛇

昼前、散歩に出かけようとして、表門の花壇を眺めると、ハーブの赤紫の花が独特の香りを放っている。蜜蜂がその花に群れている。すぐそばには、群生する鈴蘭の緑の葉と白い花。四月の下旬、温暖化のせいで、花の季節がいつもより早く訪れている。

鈴蘭の小さな花が、連なってまるで揺れているようだ。その群生の合間の地面に、茶褐色の金蛇が寝そべっている。長い尻尾をくるりとまるめて、日向ぼっこをしているのか、動かない。鈴蘭の白い花の蔭、ハーブの匂いに包まれて、眼を閉じうっとりとしている。

金蛇をじっと見ていると、形は蜥蜴に似ていて、もっと細長く、尾も長い。体は褐色で、黒い帯状斑紋がついている。三十分の散歩から戻ると、金蛇はまだ同じ所に居た。少し向きが変わっていたが、じっと動かない。蛇は、昔から金運をもたらすと言われている。いま財布の中には、蛇の衣が入っている。金蛇はどうなのだろう。金の蛇ではあるが……。

芥子の花

坂を下ると、ごみ収集場のすぐ傍らのアスファルトの隙間に、芥子の花が咲いている。散歩をしているのに、何故見過ごしていたのだろう。紫の濃淡の絞りの四弁花が二つ風に揺れている。花が咲くまで誰にも抜かれなかったのは、奇蹟である。

この花は、虞美人草とも呼ばれる。虞美人とは、中国の楚の王項羽の寵姫のことである。紀元前二百二年、垓下に包囲された項羽が敗戦を悟ったとき、〈虞や虞や汝を如何せん〉と辞世の詩を詠んだ。それほどまでに愛された虞美人が命を絶ったとき、その血から生えてきたという芥子の花。

六十センチほどの丈の花は、初夏の日差しを浴びて、茎や葉に粗い毛が密生している。その日から毎日、立ち止まっては眺めている。そこには、思いを巡らせるよう、花びらが散った跡に、しっかりと実が結ばれている。

切株

いつもの散歩道の、角のその家の風景が、変わっていた。覗きこむと、家の東側の裏庭の地面に、切株が六つある。確かここには、カイヅカイブキが生垣として、家を囲っていたはずだ。そして、北側に廻ってみると、やはり十ばかりの切株が残っている。今まで家のまわりを囲っていたカイヅカイブキが、すべて切り払われていたのである。だから、家が露わになって、風景が明るくなっていた。

残された切株のそばには、ウサギやリス、小人などの陶器が、一定の間隔で置かれている。又、小さな花の苗も植えられている。暗くなった室内を、明るくしたかったのだろうか、それともイメージチェンジなのかと、想像を巡らせる。

平成元年、私がこの地に引っ越してきて、三十一年になる。カイヅカイブキは、その頃からあった。四軒ある建売住宅のまわりを、しっかりと守るように囲んでいた。

五月一日に、改元で平成から令和になった。その家の住民は、気分を一新したかったのだろうか。切株をじっと見ていると、残存するその切り口は、何故か痛々しい。不思議に、平成時代の平和がずっと続くことを祈っている自分がいた。

無患子《むくろじ》

生垣と白いフェンスの間から茎が出ている。いまにも破裂しそうな七つの爆弾が揺れている。棘のついた淡緑色の風船状の果実。炎天のアスファルトに黒い影を刻む防災無線の警報機。空耳のJアラートが流れる。テレビからの緊急地震速報に心臓の鼓動が早まる。

風船蔓《かずら》は、ムクロジ科の多年生蔓草。ムクロジは無患子。子供が患わ無いと書く。子供に災いがふりかからず、邪気をはね（羽根）除けて健やかに育つように、との願いがこめられている。ムクロジの種子は、羽子板の羽根つきの玉に用いられる。

それなのに、風船蔓は戦場の子供たちを連想させる。何か悪いことが起こりそうな予感……。口の中で「無患子、無患子」と唱えながら、側を通り過ぎる。

牛蒡の花

六月。牛蒡の花が咲いた。薄いピンク色の、薊に似たとげとげの花である。つい最近まで、うす緑の針のようだったのに。牛蒡の花を知っている人が、どれくらいいるのだろうかと思う。散歩道の傍らの畑で、毎年見ている花は、いつものように夏の到来を告げていた。

　この畑の持ち主は、この冬一番の厳しい寒さの頃に亡くなった。心臓麻痺だった。大蒜畑の草取りを、二日続けて朝から晩まで黙々としていた。そして、次の日の真昼に、けたたましい救急車のサイレンが響き、その家の方を見ると、運び出される担架には、白い布が掛けられていた。家人が慌ただしく行き来していた。無理が祟ったと、近所の人たちは噂した。

　六月。牛蒡の花が咲いた。その花を見られなかった農の人のいのちと、牛蒡の花のいのちが、見つめている私のいのちの中で、交差しながら出遇った。

ひょんの実

梅雨の晴れ間の一日、友に誘われて吉備津彦神社を訪ねる。池の傍らに茶店がある。木のテーブルには、楚々とした草の花が揺れている。茶店にいた老人が、境内にある結寿《ゆす》の木の説明をはじめる。

結寿の木は、まんさく科の常緑樹。病魔退散不老長寿など縁起の良い木として、神社などに植えられている。イスの木とも呼ばれ、「椿」の文字で表す。古来より、主に櫛などに用いられている。

境内の坂を少し登ると、右手に結寿の木がある。案内の老人の指さす方を見上げると、葉に〈ひょんの実〉が付いている。イイオアブラ虫の寄生によって、丸く大きく膨らんだ虫こぶ。五センチほどの楕円の実のようなもの。地面に落ちたものを拾うと、穴がひとつ開いている。俳句の秋の季語として知っていたが、実物を見るのは初めて。その穴に口を寄せ、息を吹きこむと、ひゅっと鳴った。

一円玉

一円玉が六個並んでいる。神社の表門の中にある二体の仏像の前に供えられている。神社なのに仏像が……と驚くことはない。

日本固有の神の信仰と仏教信仰とを折衷し、融合した神仏混淆である。この本地垂迹説《ほんじすいじゃく》とは、日本の神は本地である仏や菩薩が、衆生救済のために姿を変えて、迹《あと》を垂《た》れたものだとする神仏同体説である。平安時代に始まり、明治初期の神仏分離によって、この理論は衰えたとされている。

顔も姿もおぼろげな石仏は、相当に古いものだろう。表門と言っても屋根もあり、小さな長屋門のようなものである。左右の部屋に一体ずつ仏像が置かれ、すぐ前には御幣が飾られ、その前に銀色の一円玉が並べられている。年の初めの一月から注目していたが、毎月一枚ずつ増え、朔日《ついたち》に置かれているようである。

今は六月の梅雨の晴れ間。表門をぐぐると広い境内があって、拝殿のすぐ前には、御神楽を舞う大きな石舞台がある。石舞台の側面には、「奉献日露役凱旋記念」と文字が刻まれている。日露戦争は、明治三十七年から三十八年に、日本と帝政ロシアが満州・朝鮮の制覇を争った戦争である。多分その戦勝記念に創ったものと推測される。

散歩の途中に立ち寄った神社は、思いも寄らぬ歴史に彩られていた。一円玉をお供えする人への興味から始まったその境内には、今へと続く不思議な時間が流れていた。

糸蜻蛉

短い散歩から帰って来ると、表門にある花壇に目をやる。左端の隅の、花が終わりかけたハーブの葉群。花盛りの頃には、蜜蜂がいつも五・六匹集まって、近寄ることも出来なかった。花が終わり、ハーブの香りがなくなって、いまは蜂もいない。近づいてみると、ハーブの緑の葉に止まった瑠璃色に光るものを見つけた。糸蜻蛉だ。

今日は七月一日。そういえば、昨年も一昨年も、同じ場所で見かけたような気がする。糸蜻蛉は、どこに卵を産みつけているのだろうか。すぐ横には水路があり、水が流れている。毎年、生まれ変わり、死に変わりしているのだろうか。

瑠璃色の蜻蛉は、小さくて儚くて、掴むと壊れてしまいそうなので、手を出せない。いつも、じっと眺めているだけである。昨年の七月、私はどうだったのか。一昨年の七月、私はどうだったのか。考えてみると、一度として同じ情況の私はいない。今年の私は腰椎を傷めている。糸蜻蛉は、忘れずに会いに来てくれた。これを、一期一会と言わずして、何と言おうか。

訣れ

ブロック塀の外には、無花果の木が四本ある。その葉蔭には、緑色の実が数十個、紫色のものが数個ある。早朝、小さなお盆を持ったおばあさんが、熟れた実をちぎっている。

母屋の玄関先には、所狭しとプランターや植木鉢の花々があり、緑色の如雨露があり、初夏の頃までは、一脚の椅子があった。椅子には、小さな座布団が敷かれ、時には新聞が置いてあり、高齢のおじいさんが座っていた。少し足をひきずりながら、庭を歩いていたり、洗濯機を回したりしていた。水辺にあるその家の前を通るときは、いつも見かける姿だった。

その日常が、或る日ぷっつりと途切れた。おじいさんの姿を見かけなくなったのはいつなのか、はっきりとは覚えていない。すでに、玄関先の椅子は片づけられている。人は、そのようにして訣れていくものなのか。夏の終わり、家の影がくっきりと庭に落ちている。名残のように、おじいさんの視線がさ迷うあたり、今日も水辺を歩いている。

落下

十一月の小春日の下、隣にある神社の境内を歩いていた。いつもの散歩コースである。ふと足元に異物を感じて、立ち止まった。小鳥の骸が横たわっている。薄茶色のふわふわした羽根は、閉じられていて、雨にも濡れておらず、汚れてもいなかった。羽根の模様で、雀でないことが分かった。落ちてから、そんなに時間がたっていないようで、傷ひとつ付いていない完璧な小鳥の骸。昨日歩いた時には無かったのに、目の前にそっと置かれたようなそれは、〈存在〉を静かに主張している。

海の中で魚が死ぬように、鳥も空の中で死ぬのだろう。死ぬと、夏の蟬のように落ちる。それが、飛んでいる最中なのか、樹の枝に止まっているときなのかと考えながら、何事もなかったように、傍らを通り過ぎた。それから、一両日たって散歩に出たが、それらしき場所には、すでに骸はなかった。跡形もなく消えていた。自然界の摂理なのだろう。猟銃に撃たれて、あるいは心臓が止まって、鳥は落下する。飛ぶものにとって落下は死である。

たたずまい

晩秋のきりっとした空気の中、池の縁を歩いていると、遠くでピンクの花が揺れている。二メートルは越える高さである。白いフェンスのむこう、ブロック塀の上、こげ茶の柵をこえて揺れている。

池を一周すると、この季節を代表するように、皇帝ダリアが三軒の家で咲いている。色は同じだが、コスモスのように地に群れる性はない。夏の向日葵の眩しい息苦しさもなく、秋の終りの青い空に、すっきりと沁みるようなたたずまいである。

花の咲いている家まで歩いてみる。塀の外の地面には、その大きな花びらが落ちている。ひとつふたつと拾ってみる。すっくと伸びた立ち姿を見上げると、七つ八つの花が揺れている。こころざしという言葉が、こころに降りてきた。

師走の雨傘

師走の曇天。氏神さんが祀られた、神社の表門を潜る。よく見ると、その門の一角に、雨傘が引っ掛けられている。褪せた薄茶色の無地の布。ささくれた木の柄。錆びた止め金。

ここに雨傘を見つけたのは、何時のことだったのか。子供の物とは思えない色合い。年を取ったおばあさんの姿が、浮かんでくる。忘れてしまったのか、はたまた捨てられたのか。置き去りにされた雨傘は、風に揺れている。神社の表門に溶け込んで、誰も気付かない。

もうすぐ正月。神社の注連縄も、新しく掛け替えられている。雨傘の行く末が気になるが、新しい年がリセットしてくれるのだろうか。

Ⅱ

江戸衣裳着人形

二月、梅のかおりを封じこめた袋のすみを切ると、しんとした空気のつめたさがすこし緩んで、心にかけられた呪縛が解かれていく。春の蠢きが、遠くから扉をひとつひとつ開けながら近づいてくる。

平安時代、人形は天児《あまがつ》・這子《ほうこ》と呼ばれ、無病息災・悪気祓いの信仰的意味をもち、幼児の枕元に置かれていた。

玄関に、笛を右手に握っている男の童の人形を飾っている。たっぷりとした黒髪は、肩のあたりで切り揃えられ、頭上を銀色の水引で切り結んでいる。萌葱色の重ねた着物を後ろに脱いで、白い着物の袖口と襟もとからは、うす紅の梅の色をちらりと覗かせている。赤と金の織模様の帯を背中で片結びにしている。ちんまりと座って客を迎える有り様は、おさない童の姿とは思えぬ、堂々としたたたずまいである。顔や手は胡粉《ごふん》で仕上げられ、その白い面にすっとひかれた瞳は、どこかを見ているようでもあり、裡なる闇を放っているようでもある。広い玄関から、笛の音色がきこえてくる。わたしの耳がぴーんと立つ春のはじまりだ。

恋文

いつものように夢を見ているのだ、わたしは右手に萌葱襲の巻紙を握っている。それが恋文だということも分かっている。はらり、紙はほどけて、わたしの身体に纏わりつく。

紙の表は薄青く、裏は縹色。わたしの胸はしめつけられて、衣も身体もしどけなく、ほどかれてゆく。見覚えのある愛しいひとよ。その姿もおぼろに霞んで、もはや誰でもよい。

紙の上の文字は、かすれていて、にじんでいて、読もうとすればするほど流れてゆく墨の色。夢を見ているので、目覚めるのが恐く、読みとることができない。判字読みでは返歌も浮かばない。

読めそうで読めない文字と、会えそうで会えないひとを想って、わたしはもどかしい夢の中にとどまる。檜扇で顔を隠しながら、長い黒髪がゆらゆら揺れる。そのひとに巻きつき、恋する女になる。

文字の上をひとさし指で辿ると、ひらりと、巻紙が舞う。目覚めたくない、わたしの夜の帳。意識の鋏が切りひらく夢。巻紙の文字はくずれて消えてしまう。ただ床に広がる紙の屑が、名残りのように光っている。

冊子

闇のなかで雨が降っている。わたしの枕をぐっしょり濡らして、世界は水浸しだ。耳のなかに降りつづける雨の音をききながら、きのう郵便受けに入れられたDのうすい冊子を思い出す。Dは昔の同人誌仲間。わたしに会わずにときどき冊子だけを放りこんでゆく。一行が次の一行に繋がらない言葉を書き連らね、DはDなりに若い頃からの筋を通して生きている。世の中と折り合いをつけているのかいないのか。わたしは、その生業や家族のことを何も知らない。人に深くかかわりたくないわたしは、わたしの生活がDの生業に繋がらない情況を保って生きている。

Kは、遠い町で限られた人しか読まない小説を書いている。やはり個人誌を出していて、不定期にわたしに送られてくる。蟻のような文字の連らなり。ページを繰ると、死者と繋がろうとしているKの気持ちがよく分かる。わたしはKの家族のことも一切知らない。DやKとはずっと以前会ってはいるが、生業の話はしたことがない。書かれている言葉だけの繋がりが、わたしと彼らの間に存在する。

彼らが冊子を届けるのは、読んでほしいからなのか、自分の存在を確かめるためなのか。わたしもまたいつものように、読んだ証明のような葉書を返信している。いつか、わたしか彼らのいずれかがいなくなるだろう。そのとき、生業の絆のないままに、言葉の繋がりがぷつんと切れて、宇宙に収斂されるだろう。夜明けはまだ遠く、雨は降りやまない。

フナムシ幻想

——男木島にて——

島の坂道は　フナムシの言葉でいっぱいだ　季語のフナムシ　古語のフナムシ　抽象語のフナムシ　石垣からふいに現れて　あっという間に　姿を消す言葉の数々　魂が心に降りてくる前に　見失うものたち　シナプスの手が捉える前に　するりと逃げてゆくものたち

夏鶯の声が遠くから聞こえてくる　その声に導かれて灯台に続く道をゆく　道の辺には　枇杷の実が少し色づいている　飛蝗が飛び　蝶が舞う　玉蜀黍　茄子　胡瓜　石組みでつくられた畑には　夏野菜が　水の言葉を欲しがっている

灯台から臨む美しい海は　潮のながれが疾くて　渦巻く激しい波の音　遊泳禁止の立札がある　無人の灯台を

ひとりで守る老人　対い合ってきた　まあるい水平線
誰も訪れない日々に　描いた四季の灯台の絵が　壁にひっそりと飾られている

フナムシだけが知っている　老人のこころ　寂しさや虚しさを持っているフナムシは　帰り道を戻るわたしの足をかすめて　沈黙する　島の暮らしの厳しさが　じんわりと伝わってくる　フナムシの数の多さに　フナムシの走る速さに　見惚れているうち　幻のように消えてしまう

石垣の町並は　島の上へ上へと続いているが　墓地は船の着く港にある　島の人々は　墓の花を絶やさない　赤く熟れた桑の実のある路地を　縞茶の猫が一匹　尻尾を

立てて歩いてゆく　猫は　あのフナムシを捕らえただろうか

絞る　謎

トイレの掃除をはじめた。とても綺麗な女神さまは、アルフォンス・ミュシャの絵の額の中にいる。まっすぐな眼差しの横顔。編みあげた髪に巻きつく蔦の葉。肉づきのよい首から肩にかけての曲線。わたしは静かに女神さまに見下ろされながら、雑巾を絞る。ほんとうに絞るのは知恵かも知れない。そう考えはじめると、頭の中につぎつぎと星雲が渦巻いて、未来を拓く計画が浮かんでくる。無意識に手を動かしながら、雑巾を絞るように問題を絞ってゆく。人生の謎が、ひとつずつ解明できるような気がしてくる。それは知識ではなく、人の知恵というものだ。

写真の焦点をあわせるように、レンズの開口をせばめる。すこしずつ見えてくる問題の核心。的を絞るように矢を放つ。謎にむかって弓を引き絞る。もう待てない。十分に時間は費やしたのだから。父も母も問題を先送りして、逝ってしまった。持ち時間はどんどん少なくなる。暮らしは待ってくれないので、わたしはトイレの掃除をする。綺麗になったトイレの鏡の前で微笑する。まるで女神さまのように雑巾を絞りながら、誰と約束した訳でもないのに、わたしの海馬が前世の記憶を甦らせる。わたしのＤＮＡは、孫か曽孫そしてそれに繋がる誰かが、引き継いでくれるだろう。わたしはその中でもういちど新しく生きなおす。千年の時をこえて。

あおい瞳の少女に

たくさんの閉じられた瞼がわだつみになって、海の底へとおりてゆく。海は、ふかいあおに沈んでわたしを見つめている。フェルメールの『真珠の耳飾りの少女』のあおい瞳。ラピスラズリから生まれたあおの光と闇。その瞳がふりむきざまにわたしに問いかける。おまえは何をしてきたのかと。

一九八四年四月二十六日。ウクライナ共和国キエフ州北部プリピャチ市のチェルノブイリ原子力発電所で発生した原子炉の爆発・火災事故。死傷者数・放出放射線量・原子炉の損傷状況など前例のない激しさだった。事故炉は四号炉。人為ミス。日本を含む北半球に放射能が拡散し、時の経過とともに甲状腺癌・白血病などの多発や家畜の奇形が現われ、集団線量は約九千万人レム、今後五十年間で二千九千万人レムに達するという。

会ったことも話をしたこともないチェルノブイリの少女よ。わたしはあの事故以来、原子力発電所の存在を受け入れることが出来なくなりました。わたしの詩集『シンケンシラハ』の中には、「ヒロシマ・コンプレックス」「なんて平和な」という二作品があります。〝（前略）だれもがもつヒロシマ・コンプレックス／加害者になるかもしれないという恐さが／じわじわと精神の領域を侵食して／ヒロシマは泣いていた／人間の弱さとその不遜な在りかたを／わたしもまた／どうしようもなく／そのひとりにちがいないのだから〟。〝幾何学模様の刈田が／山までつづいている／朝日と共に起き／夕日と共に一日の仕事を終える／レースのカーテン越しに／〈朝日のあたる家〉を経験し／神社の木洩れ陽が／sun set を告げ／小鳥のさえずりが一日中聞こえて／ああ　なんて平和な……〈平和にみえる〉／この土地にも酸性雨はしずかに降りそそぎ／世界はつながっていて／伊方原子力発電所が事故をおこせば／まぎれもなくここも汚染地帯／映画〈風が吹く日〉の／仲のよい老夫婦の暮らしを破壊したもの／人はどうしてこんなにも罪ぶかいのだろう／〈自分をも含めて〉／便利さとひきかえに／口では表現できないものたちを失っている／わたしもまた矛盾を生きながら／ノンと言える勇気が／すこしでもあれば〟。伊方原子力発電所は隣県の佐田岬に在る四国唯一のものです。

限りなく生命力に満ちたふかく強い光をもつあおい瞳に見つめられて、わたしは未来を予測していたのかいなかったのか分からなくなります。チェルノブイリが過去でないことはフクシマが証明しています。いまが過去なのか未来なのか、わたしの魂が浮遊しています。ほんとうにあなたに寄り添って来られたのでしょうか。少女の瞳は明るく空を写した海の色。演奏する波のあおい音、ああ、その海に眠る魂たちにも何を祈ったらよいのでしょう。節電というちまちまとした現在の暮らしを守るわたしは。あおい瞳の少女よ。人間のいちばん醜い部分から遠く離れた神話を聞かせてください。

あとがき

相変わらず、近くの溜池のまわりを散歩している。だが、八年前に前詩集『水辺の寓話』を出した状況とは全く異なる。人間は年老いる。あのとき、七十歳だった私も今では七十八歳だ。身体のほうにも不都合が次々と生じて、満身創痍といってもよい。三年前に腰椎を傷めてからは、散歩をする距離も三分の一位になった。長時間歩けないので、四阿で休みながら歩いている。それでも、俳句や短歌はすぐに浮かんで来る。詩の種も、時々落ちている。気が付いては拾っている。

今回収録した散文詩は、Ⅰが二〇一七年以降の新しいもの、Ⅱはそれより少し以前に書いたものである。日常の中でのほんの少しの違和感や、その微妙な心の動きを、俳句で言う写実で表現してみたのが、私の散文詩である。俳句・短歌・詩・散文の境めを無くしたいと考えていた私だから、さまざまな試行錯誤を重ねながら、行き着くところに行き着いたと言うべきなのか。

そして、二十歳代の頃だったか、井上靖の詩を読んだことがある。井上靖には、『北国』『地中海』『運河』の三冊の詩集がある。私の読んだ作品が、どの詩集のものだったかは覚えていないが、三冊の詩集に共通する特徴は、そのほとんどすべてが散文詩の形式をとっている。しかも、その文章は柔軟で格調があり、作者が出会ったある状況や事件を叙述して、それに対する作者の感慨を述べるという形をとっている。又、詩の物語性もある。井上は、それを〝心にひらめいた影のやうなもの〟とか〝外界の事象の中に発見した小さな秘密の意味〟と表現している。その点は、私と共通するものがある。

さて、私が散文詩を書き始めた理由は、それだけではない。年を重ねるにつれ、小さな動植物の生命に、大きく言えば自然に注目するようになったからである。自分の生命が終わりに近づくにつれて、小さな命たちが愛しくなるというのは、当然の条理なのかも知れない。ともあれ、数年前から短い散文詩が生まれるようになり、ぽつぽつと書いている。長めの行分け詩も書いてはいるが、今、心にすとんと落ちるのは、いつも短い散文詩である。

二〇二三年四月　清明の日に

水野ひかる

著者略歴
水野ひかる（みずの・ひかる）

一九四四年　香川県高松市に生まれる　本名・真部満智子
京都女子大学国文科卒業

著書　詩集『鋲』『美しい獣』『日本現代女流詩人叢書31集』『赤ずきんは泣かない』
小詩集『青い列車』21世紀詩人叢書28『シンケンシラハ』『抱卵期』新・日本現代詩文庫59『水野ひかる詩集』『未明の寒い町で』『水辺の寓話』（第12回日本詩歌句随筆評論大賞優秀賞受賞）
歌集『車輪の影』『時の揺籃』
エッセイ集『恋の前方後円墳』

所属　日本現代詩人会・日本詩人クラブ・日本歌人クラブ・関西詩人協会・中四国詩人会・日本詩歌句協会・香川県詩人協会会員　日本現代詩歌文学館評議員
詩誌「日本未来派」同人　歌誌「香川歌人」俳誌「藍生」会員

現住所　〒765―0033　香川県善通寺市木徳町五六六―一

詩集　盗《ぬす》んだのは

発　行　二〇二三年五月三十日

著　者　水野ひかる
装　丁　高島鯉水子
発行者　高木祐子
発行所　土曜美術社出版販売
〒162-0813　東京都新宿区東五軒町三―一〇
電　話　〇三―五二二九―〇七三〇
FAX　〇三―五二二九―〇七三二
振　替　〇〇一六〇―九―七五六九〇九
印刷・製本　モリモト印刷
ISBN978-4-8120-2757-8　C0092